El Pirata Bob

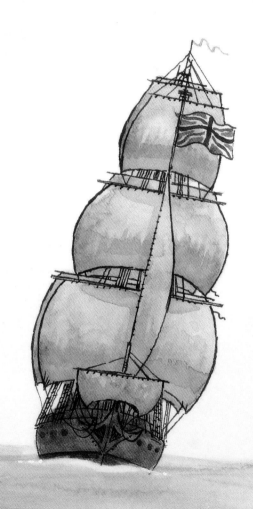

Kathryn Lasky   Ilustraciones de David Clark

Editorial Juventud

Para Mary y Debbie,
de la Biblioteca Pública de Page:
Mi gratitud por vuestra ayuda
en mis investigaciones viene de lejos.
D. C.

© del texto: Kathryn Lasky, 2006
© de las ilustraciones: David Clark, 2006
Edición original publicada por Charlesbridge Publishing

Título original: PIRATE BOB
© EDITORIAL JUVENTUD, S. A., 2006
Provença, 101 - 08029 Barcelona
info@editorialjuventud.es
www.editorialjuventud.es

Traducción castellana: Maria Lucchetti
Primera edición, 2006
Depósito legal: B. 41.756-2006
ISBN 84-261-3568-4
ISBN 13: 978-84-261-3568-1
Núm. de edición de E. J.: 10.866
Printed in Spain
Impresión Offset Derra, c/Llull 41 - 08005 Barcelona

Ilustraciones realizadas con tinta y acuarelas.

Esta es la nariz de un pirata.

Tiene una cicatriz que va desde la punta de la nariz hasta la oreja.

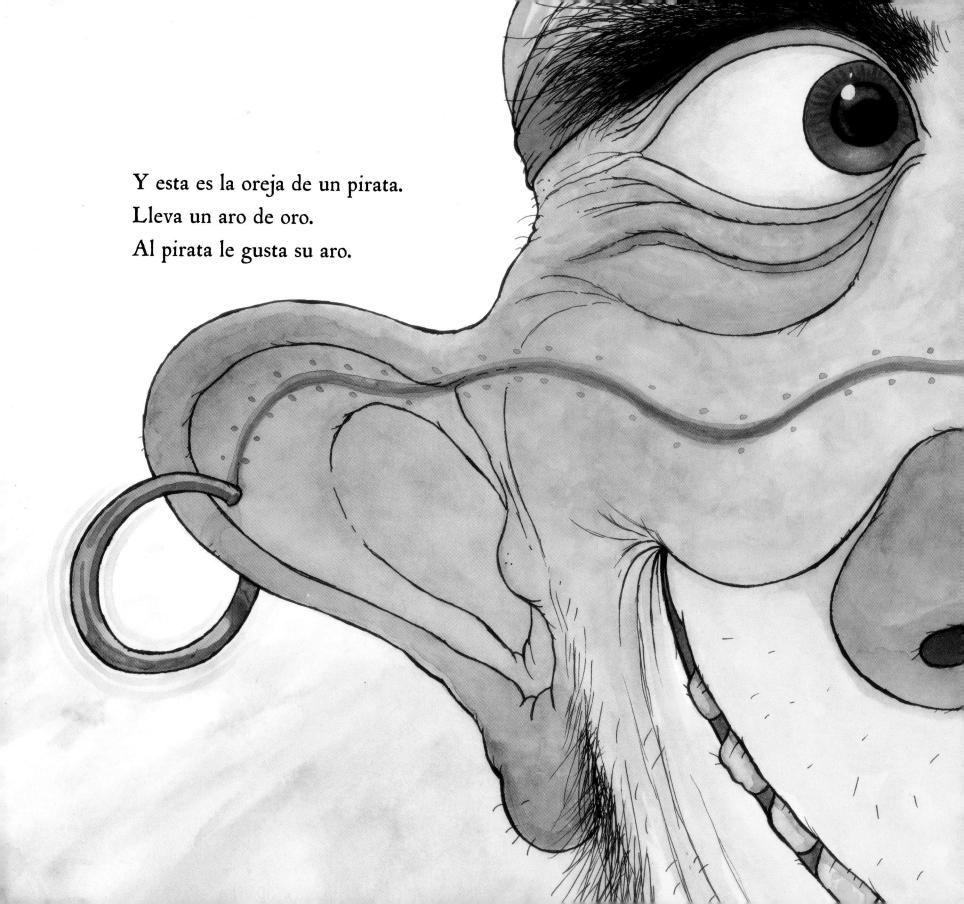

Y esta es la oreja de un pirata.
Lleva un aro de oro.
Al pirata le gusta su aro.

No todos los piratas tienen la misma nariz
ni llevan aros de oro, pero a todos les encantan
el oro, el dinero y las joyas. Están tan ávidos
de oro y de tesoros, que roban.

A veces a Bob le pica la nariz, y a veces le duele. Si le pica, significa que hay oro cerca. Si le duele, es porque la nariz se acuerda de aquella vez en que asaltaron un barco español. Los hombres acababan de abordar el barco, desenfundando sus sables y escupiendo fuego por sus pistolas, cuando Bob se topó con la punta de un sable. La herida le dejó una horrible cicatriz. Después decidió ponerse un aro.

Ahora Bob está esperando. Como sus compañeros del *Pájaro Negro*. Esperan a que llegue una noche perfecta y un barco perfecto para saquear. El mejor momento del día para los piratas empieza por la noche; una noche nublada con luna llena y en el mar un barco que navega cargado con oro y plata.

Esta es la luna de los malhechores. Conocida también
como la luna de los piratas. Es lo bastante luminosa
para que se pueda ver, pero unas nubes la cubren y hacen
palidecer su luz. Así el barco pirata puede acercarse
sigilosamente y atacar.

Bob se toca la nariz.

-Me pica, Jack -susurra a su amigo.

Este es el amigo de Bob, Jack el Amarillo. Le llaman
Jack el Amarillo porque tiene la piel del color de un
limón pálido. Jack el Amarillo tiene escorbuto,
y se ha vuelto más amarillo que la mayoría.

-Es una buena noche, Bob -dice Jack
el Amarillo-. Una suave brisa y luna llena.

-Tu cara brilla aún más
que la luna, Jack.

Bob se ríe. Jack gruñe.

En ese preciso instante aparece la luna detrás de una nube viajera. Desde la cofa, en lo alto del mástil, lanzan un grito.

—¡Barco a la vista!

Los piratas aguzan sus sentidos. El corazón les late deprisa. Sus ojos centellean llenos de sueños de oro, cuando el capitán sube a la cubierta.

Este es el capitán. Es bajito. Es el hombre más bajito del barco.
Tiene un periquito que se llama Elaine. Nadie sabe por qué
se llama así, pero así se llama. Nadie sabe por qué el *Pájaro Negro*
es el barco del capitán, pero lo es, y ahí manda él.

-¡A toda vela! -grita el capitán-. ¡Desplegad la mayor! ¡Desplegad la gabia!
¡Cazad las escotas!

Son las órdenes para desplegar las velas cuadras del barco pirata. Bob y Jack trepan
por la jarcia para desatar las velas. Trabajan codo con codo subidos a las vergas que
cruzan el mástil y sostienen las velas. Bob y Jack forman un buen equipo. Jack canturrea.

-No te preocupes, Bob -dice Jack con voz amable mientras trabajan. Se da cuenta
de que a Bob le duele la nariz-. ¡Piensa en el oro!

Jack es un buen amigo. El mejor amigo de Bob. Pero tener
un amigo en un barco pirata puede ser complicado. Nadie se fía
de nadie. Jack hace ya tiempo que ejerce de pirata. Ha reunido
un botín considerable que ha enterrado en algún lugar. Ha señalado
el lugar en un mapa, pero nadie sabe dónde lo ha escondido.

A Jack el Amarillo le gusta Bob, pero piensa que tal vez Bob
solo le quiere por su botín y que quizás quiere intentar
descubrir dónde esconde el mapa.

A Bob, Jack el Amarillo le gusta de verdad.
Le gustan sus bromas. Le gustan las historias que
cuenta. Le gusta incluso cuando canta. Pero se pregunta
hasta qué punto se volverá todavía más amarillo antes
de morir. Y si muere, sería una pena que el botín
permaneciera enterrado para siempre.

Los piratas se acercan al barco, un galeón. Ahora Bob y Jack están cerca
de un cañón y esperan órdenes del capitán. Lanzarán un cañonazo por encima de
la proa. El capitán no quiere que el barco se hunda, porque con él se hundirían
también la carga y los tesoros.

Ahora a Bob no sólo le pica la nariz, también le pican los dedos ansiosos por
encender la mecha que disparará el cañón. A todos los piratas les pican los dedos.

−¡Esperad! ¡Esperad! Todavía no, muchachos. −La voz del capitán
no vacila jamás. Los piratas saben que está contando hasta ciento
cincuenta, y entonces tendrán el barco enemigo dentro de su alcance.

A ciento veinte están ya lo bastante cerca para ver el nombre
del barco, pero Bob no sabe leer.

−*Concordia* −le susurra Jack el Amarillo.

La cuenta prosigue.

–Ciento cuarenta y ocho, ciento cuarenta y nueve.

Bob y Jack cuentan juntos en voz baja.

–¡Fuego! –grita el capitán–. ¡Preparados los ganchos para el abordaje!

Bob se apresura a coger un gancho. Oye la voz del capitán. El capitán nunca parece tener miedo. Su voz se mantiene serena, confiada y clara.

–¡Todos preparados! ¡Detente *Concordia*! Os mandaremos
al infierno si no nos permitís subir a bordo.

La palabra «infierno» es la señal. Lanzan los ganchos.
Las puntas afiladas se enganchan en la orla del barco
y los piratas empiezan a halar los cabos para acercar
el barco inglés.

—¡Listos! —Esta es la palabra clave del capitán que significa «al abordaje».
Elaine también parece excitada. Bate las alas y pía.

Bob olvida el dolor en su nariz. Le ocupa un único pensamiento, un solo
objetivo: cortar los guardines. Y cortar cualquier cosa o a cualquier persona
que se interponga entre él y los guardines que unen la rueda al timón. Con
ello inutilizará el barco. Y Bob se ganará el derecho a su parte del tesoro.

El pirata Bob es un experto en
desbaratar ruedas y timones. Es rápido.
Es preciso con el sable. Salta por la
borda. Los demás saltan a bordo con él.

Llevan
dagas, pistolas y
granadas, hechas con viejas botellas
llenas de pólvora.

Bob tiene suerte esta noche. El camino hasta los guardines está libre porque los marineros ingleses están ocupados intentando disparar su cañón. Pero el cañón no va a funcionar. Bob lo sabe bien porque Jack el Amarillo es un experto obturando las oberturas de las mechas de los cañones.

Cada pirata tiene una tarea que cumplir. Lo importante es hacerse con el cargamento. Cuando Bob corta el último cable, todo queda repentinamente en silencio. Sabe bien por qué.

–¡Manos arriba! –Se oye la voz tranquila del capitán pirata.

El capitán del galeón se rinde.

Los piratas están de enhorabuena. El tesoro es abundante.
Les lleva casi tres horas descargarlo todo. El barco está lleno
de baúles con especias, monedas de oro y de plata que
transportaba hacia las colonias de América
para comprar tabaco.

El tesoro robado se repartirá entre los piratas. El capitán y el primer oficial se llevarán la parte más grande. Cuanto más tiempo lleva uno de pirata, más le toca. A Bob le tocará una buena parte, porque lleva ya muchos años trabajando en este barco. Jack el Amarillo lleva aún más tiempo y le tocará una parte aún mayor.

Por la noche lo celebran con una fiesta. La tripulación está
satisfecha con el botín. Bob tiene la sensación de que debería estar
más contento. Ahora tiene un buen botín, pero no tan bueno como
el de Jack el Amarillo. Mientras sorbe la sopa y mastica un bocado
de tortuga, Bob intenta pensar de qué manera podría preguntar
educadamente a Jack sobre el mapa y el tesoro. Pero teme perder
a un amigo. Es un gran dilema.

Bob quiere seguir haciendo de pirata unos pocos años más hasta reunir su propio tesoro para enterrar en algún lugar. Confía en que sea pronto, porque ser pirata es un trabajo muy peligroso. Corres el riesgo de que te corten la nariz o una pierna, como a Peggy el Español, o puede que empieces a amarillear, como Jack el Amarillo. Incluso, si no ocurre nada de todo esto, puede suceder que te persigan, te capturen y te cuelguen. Al fin y al cabo, los piratas viven al margen de la ley.

Solo un barco más, piensa Bob. Otro galeón español
proveniente de La Habana, de Cartagena o de Porto Bello.
Unas cuantas libras de perlas, tres o cuatro de plata,
veinte de oro, y quizás un puñado de esmeraldas.
Después, piensa, enterraré mi tesoro y
buscaré algunos amigos, amigos de verdad
que me acepten no porque crean que tenga
enterrado un tesoro, sino por mí mismo,
el viejo pirata Bob con una cicatriz
en la nariz y un aro en la oreja.

... creo.

Entonces, se dice, seré feliz...